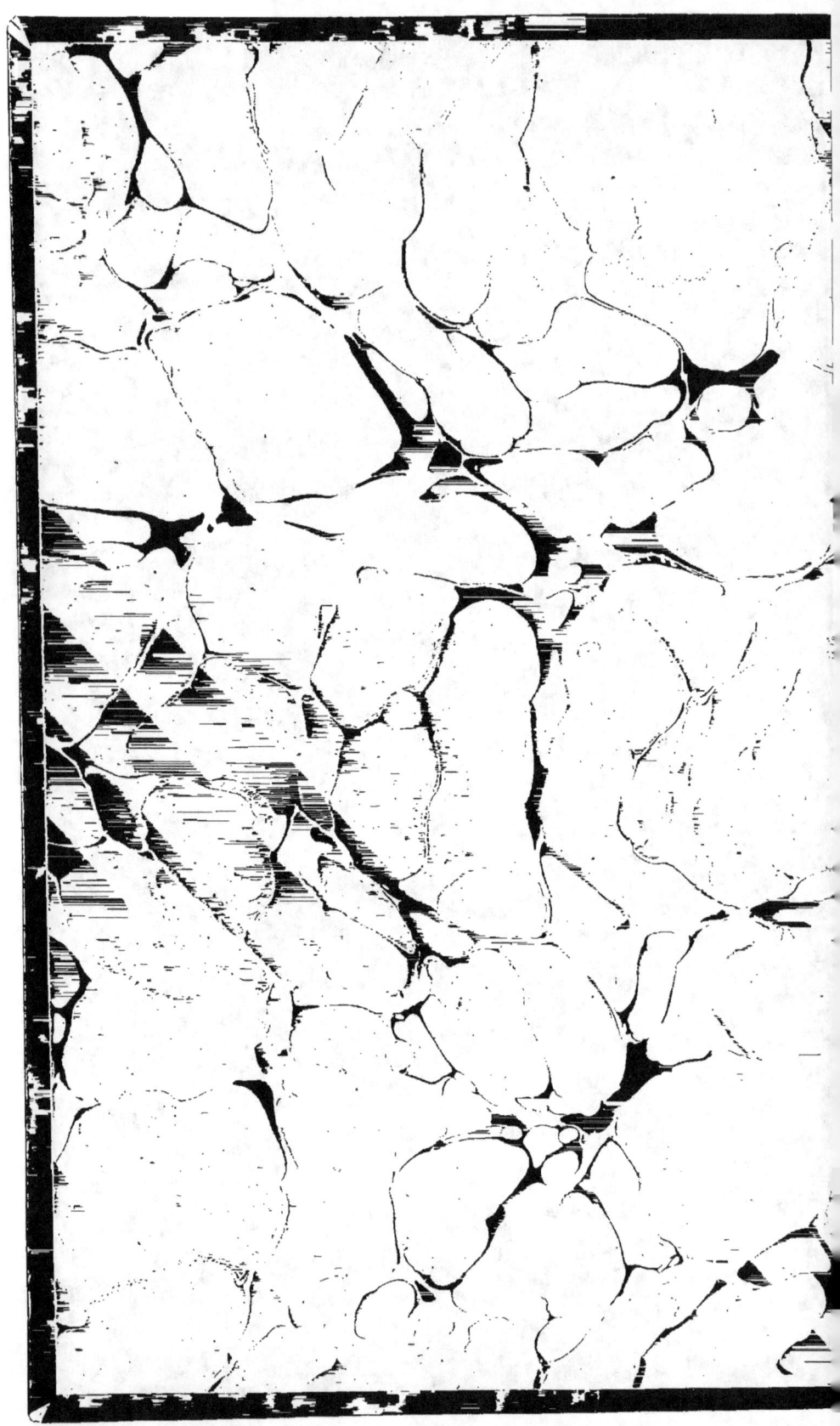

PETITE

CHRONIQUE FRANÇOISE

DE L'AN 1270 A L'AN 1356

IMPRIMERIE GÉNÉRALE DE CH. LAHURE

Rue de Fleurus, 9, à Paris

PETITE

CHRONIQUE FRANÇOISE

DE L'AN 1270 A L'AN 1356

PUBLIÉE PAR

M. DOUET D'ARCQ

A PARIS

POUR LA SOCIÉTÉ DES BIBLIOPHILES

—

M DCCC LXVI

PETITE

CHRONIQUE FRANÇAISE

DE L'AN 1270 A L'AN 1356.

–∞–

C E document eſt tiré d'un manuſcrit de la Bibliothèque impériale qui porte le n° 4641-B du fonds latin. C'eſt un in-4° pap. de deux cent deux feuillets, intitulé au dos : *Stylus curiæ parlamenti Franciæ*, & qui commence effectivement par cet ouvrage, attribué à Guillaume du Breuil, mais qui contient bien d'autres choſes. C'eſt un de ces manuſcrits *varia*, où s'entaſſent d'une manière aſſez arbitraire, une foule de pièces, tant en rimes qu'en proſe, & d'une nature ſouvent très-différente. Il eſt de pluſieurs mains, mais toutes du quinzième ſiècle. La petite chronique que nous donnons ici, y occupe les folios 131 verſo à 137 verſo. On y remarquera le ſoin curieux que ſemble avoir pris ſon auteur, de raſſembler tout ce qui ſe rapporte aux nombreuſes trahiſons & aux nombreux ſupplices

qui fignalèrent le commencement du quatorzième fiècle.
En parlant de la bataille de Poitiers, elle donne la lifte
des morts & des prifonniers. Elle s'arrête au tremblement
de terre du 18 octobre 1356.

D. D.

MÉMOIRES

FAICTES PAR MANIÈRE DE CRONIQUES
QUI SONT ADVENUES
OU ROYAUME DE FRANCE EN PLUSEURS TEMPS
ET DE PLUSEURS ROYS.

———

CY-APRÈS S'ENSUIVENT TOUT A PLAIN DE GRANZ FAIS
ET NOTABLES QUI SONT ADVENUS
EN FRANCE DEPUIS LE TEMPS MONSEIGNEUR SAINT LOUYS,
JADIZ ROY DE FRANCE.

L'AN mil II^{e}LXX fut, en Tunes, li roys ſaint Louys mors (1). Fut apportez à Paris & enterrez à Saint-Denis. Lequel avoit régné dix-ſept ans. Et fu roy après, Philippes ſon filz, lequel régna quinze ans.

———

(1) Saint Louis mourait devant Tunis le lundi 25 août de l'an 1270.

L'an mil ɪɪᶜ ʟxxvɪɪɪ, le lendemain de la Saint-Pierre, vɪ jours après la Nativité faint Jehan-Baptifte (1), firent les barons de France, contre la voulenté du Roy, pendre monf. Pierre de La Brouce.

L'an après fut la grant douleur à Prouvins. Car il y a moult de gens pendus, émutulez & mis à mort. Et difoit l'en que monf. Jehan d'Acre fift grant péchié de foy en meller.

L'an mil ɪɪᶜ ɪɪɪɪˣˣ, fut évefque des Poutevins, frère Gautier li Bons, de Nuis. Et en cel an rompirent premièrement les pons de Paris.

L'an mil ɪɪᶜ ɪɪɪɪˣˣ & ɪɪɪɪ, le lendemain de la fefte Saint Clément, venta fi fort au foir, que mouftiers, clochiers, maifons & abres trébuchièrent en moult de contrées. En cel an, en la faifon nouvelle, mourut li bons roys Charlon (2), & le propre matin. Et à la Pafque après, vint ly roys Philippes pour aler en Arragon vengier fes amis qui eftoient en prifon. Mais la chofe ala en tèle manière qu'il en fut apporté en bière (3).

L'an mil ɪɪᶜ ɪɪɪɪˣˣ & vɪɪ, tarirent les fontaines & les puis, & faillirent foins & avenes, car il ne pleut de tout l'efté. Et fi fut blé

---

(1) Un famedi 30 juin.

(2) Charles Iᵉʳ, roi de Sicile, comte d'Anjou & frère de faint Louis, mourut à Foggia le 7 janvier 1285.

(3) Philippe le Hardi mourut à Perpignan, le 6 octobre 1285.

à tel lagan, que l'en avoit le meilleur pour IIII. s.

L'an mil IIe IIII^{xx} & VIII, faillirent vignes, fruis & glanz. Et en l'aouft fift fi grant chault que les gens en mouroient aux champs.

L'an mil IIe IIII^{xx} & IX, fut si grant année de vins qu'il ne demouroit tonneaux ne queues, neufve, viez, ne autres vaiffeaux où l'en peuft meĉtre vin, qui ne feuft vendu à voulenté. Et fi furent les vins mauvais.

L'an mil IIe IIII^{xx} & X, fut pou de vin & de petit pris. Et fi vindrent deux cardinaulx légaz en France pour parler au roy. Et fi faifoient defpens moult oultrageux, car il avoit bien en leur compaignie V^c chevaliers, fans les autres gens. Et fi ne fot l'en oncques à quoy faire ils vindrent (1). Et fi en furent les gens de faincte Églife moult grevez pour celle venue.

L'an mil IIe IIII^{xx} & XVI, rompirent fecondement les pons de Paris, qui lors eftoient de pierre & à beaux édifices par deffus où gens demouroient, & fu la vigile de Saint Thomas devant Noel (2).

L'an mil IIe IIII^{xx} & XVIII, le lendemain de la fefte Saint Berthelemy, fu commencié la fefte de monfeigneur Saint Louys (3).

---

(1) Nicolas IV les envoyait pour prêcher la Croifade. Saint-Jean-d'Acre fut prife en 1291.

(2) Le jeudi 20 décembre.

(3) Qui tomba un lundi, 25 août.

A 3

L'an mil iiie & i, la vigile Saint Jehan, ès feſtes de Noel, fu le grant feu à l'Eſcole Saint-Germain à Paris (1).

L'an mil iiie & ii, fut la grant deſconfiture en Flandres, pour la traiſon des foſſes & des pièges que les Flamans avoient faites (2).

L'an mil iiie & iii, fu pris le pape Boniface en la ville d'Avignon, en ſon palais, la vigile de la feſte de Noſtre Dame de ſeptembre (3).

L'an mil iiie & iiii, le landemain de l'Aſſumpcion Noſtre Dame, ot le beau roy Phelippe victoire à Mont en Poyvre (4). Et en cel an, le dimanche devant Paſques Flories (5), treſpaſſa la royne Jehanne ſa femme. Et lors valoit le ſextier de blé c. ſ., & ſi failloit le pain partout. Et pou avant en après, furent pendus les enfens de la bourgoiſie de Paris, & celle heure fut tué Gervaiſot Pidoë, &

---

(1) Le mardi 26 décembre 1301.

(2) Il s'agit de la bataille de Courtrai, où le comte d'Artois périt, avec plus de 20,000 hommes. Elle ſe donna le 11 juillet 1302.

(3) Le 7 ſeptembre 1303. C'eſt effectivement ce jour-là que Boniface VIII fut arrêté par Guillaume de Nogaret, mais dans le palais d'Agnani, & non dans celui d'Avignon.

(4) D'après le premier Continuateur de Nangis, la bataille de Mons en Puelle ſe ferait donnée le mardi 18 août 1304, tandis que d'après notre auteur ce ferait le dimanche ſeize.

(5) Quatre avril 1305 (N. S.) Jeanne de Navarre mourut au bois de Vincennes. Le premier Continuateur de Nangis, dit *menſe aprili*.

aultre. Si fist le prévost bien pou après, despendre ung des enfens, qui estoit clerc.

L'an mil iiie & v, deux jours après la feste de Toussains, fu la grant assemblée à Lyon sus le Rône, pour le sacre du pape Clément (1). Auquel sacre fut le roy Philippes le Bel, monseigneur Charles, son frère, & tout plain de grans & d'autres gens. Et ainsi comme le pape chevauchoit pour aller au moustier où il fut sacré, il advint par aventure que ung grant mur tresbucha bien près de lui & de son cheval, lequel s'effroia moult; & si ne fut point blécié le pape, ne son cheval, mais il y ot tous plain d'autres bléciez, affolez & mors. Entre lesquelz y mourut le bon duc de Bretaigne.

L'an mil iiie & vi, fut li roys Philippes le Bel asségié au Temple de Paris des gens de la ville de Paris, pour la hayne de Estienne Barbète, bourgois de Paris, lequel le roy soustenoit en tout plain de fais qui n'estoient pas agréable au peuple mais domaigeux, & espécialment pour le fait des monnoyes. Et auquel Estienne, pluseurs gens de ceulx dessus diz, alèrent rompre les portes de la maison dudit Estienne, à force de charectes aculées & autrement; & deffonçoit l'en les tonneaux & les queues tous plains de vins, & rompy l'en tous

---

(1) Le sacre de Clément V eut lieu le 14 septembre & non le 3 novembre, comme le dit notre auteur.

A 4

ſes coffres, & geĉta l'en en la rue aval ès boes,
ſes monnoies d'or & d'argent, & de vaiſſelle
d'or & d'argent, & moult grant quentité d'autres biens. Mais tout ce fait fut ſi vengié. Car
de tous les meſtiers de Paris il ot pendu à
nouviaux gibez, que le roy fiſt faire aux quatre
portes de Paris, plus de iiii^{xx} perſonnes, &
tout plain d'autres endomaigiez en pluſeurs
manières (1).

En cel an, le jour de la Magdaleine, furent
tous les Juifz du royaume de France banniz
& empriſonnez. Et le landemain, le gros tour-
nois, qui valoit ii. ſ. vii. d. p., ne valut que
x. d. p., & le pariſis, qui valoit iii. d., ne
valut que i. d (2).

En cel an, avoit eſté apporté de Saint Denis
à Paris le chief ſaint Louys, le jour de Penthecoſte (3).

L'an mil iiie & vii, le vendredi après la
Saint Denis (4), furent empriſonnez tous les
Templiers du royaume de France.

L'an mil iiie & x, le mardi devant la Saint
Nycolas en may (5), furent ars liiii tem-

---

(1) Voy. le premier Continuateur de Guillaume de
Nangis (*Guillaume de Nangis*, édit. de Géraud, t. Ier,
p. 355).
(2) Voy. *Guillaume de Nangis*, ibid.
(3) *Ibid.*, p. 353.
(4) Le 13 oĉtobre.
(5) Le 2 mai.

pliers (1) antre les bois de Vincenes & le moulin au vent près de Paris. Et le mercredi devant l'Aſſumpcion enſuivant (2), en ot ars à Paris une grant quantité, & à Senlis, bien peu après, une grant quantité (3).

L'an mil iii^c & xiii, le jour de la Penthecoſte (4), furent les enfans le roy Philippe le Bel faiz chevaliers à Paris, & fu la ville encortinée, & fiſt l'en pons de bois pour aler du cloiſtre Noſtre-Dame en l'ille. Et en cel an avoient & celluy d'Aquitaine en la préſence du roy, en l'ille, devant ſon jardin du Palais (5).

En cel an, furent eſcorchiez, trainez & penduz au gibet de Pontoiſe, monſ. Gautiers & monſ. [Philippe] d'Aunay, frères & chevaliers.

L'an mil iii^c & xiiii, la vigile Saint André (6), treſpaſſa ly roys Philippes le Bel, & fu roy après lui Louys le Large, ſon filz.

---

(1) Le Continuateur de Nangis, dit cinquante-neuf (*Guillaume de Nangis*, t. Ier, p. 378).

(2) Le 9 août.

(3) Le Continuateur de Nangis, dit neuf (*ibid.*).

(4) Le 3 juin.

(5) *Sic.* La phraſe eſt inintelligible. Évidemment il y manque quelques mots. Peut-être pourrait-on ſuppléer: « Et en cette même année avoient jouté le duc de...? & celui d'Aquitaine en préſence du roi, &c. »

(6) Le 29 novembre.

En cel an, xx jours d'avril, trefpaffa le pape Clément (1).

L'an mil iiie & xv, la vigile de l'Afcencion, derrain jour d'avril, fut pendu monf. Enguerran de Marigny (2).

L'an mil iiie & xvi, la vigile de la Trinité, trefpaffa Louys de France & de Navarre (3); & la royne Clémence, fa feconde femme, demoura ençainte; & ot fon enfant au Louvre, à heure de matines, le fabmedi après la Saint Martin d'iver enfuivant (4). Ly quelz ot nom Jehan, & ne vefqui que huit jours. Mes l'on difoit qu'il ne vint pas à terme, & fi eftoit la royne malade de quartaines, en fes géfines.

En cel an, trambla la terre, à heure de complies à Noftre Dame de Paris, po avant ou po après la fefte de l'Afcencion Noftre-Seigneur (5).

En cel an, fut fait le pape Jehan (6). Et

---

(1) Clément V mourut à Roquemaure près Avignon , le 20 avril 1314 (N. S.), fept mois avant Philippe le Bel.

(2) Voir le curieux récit du premier Continuateur de Nangis.

(3) Le 16 mai. Cette date de la mort de Louis X ne s'accorde, ni avec le Continuateur de Nangis qui la met au 5 juin, ni avec Bernard Guidonis qui la met au 8 du même mois.

(4) Le 15 novembre.

(5) En 1316 l'Afcenfion tombait le 20 mai.

(6) Jean XXII, élu le 7 août 1316, couronné le 5 feptembre fuivant.

emprifonnez les talemeriers pour le faulx pain qu'ils faifoient. Defquelz il y en ot mis en roe ès halles de Paris jusques à XVI (1).

L'an mil III⁰ XIX, affift la roynne Johanne de Bourgoigne, femme du roy Philippe le Long, la première pierre de l'ofpital faint Jacques à Paris (2).

L'an mil III⁰ & XX, le jour faint Jacques & faint Chriftofle (3), fu pendu Henry de Taperel, prévoft de Paris (4).

L'an mil III⁰ XXI, furent ars les mefeaux, pour l'empoifonnement des puis & des fontaines. Et en ce furent pris les Juifs feconde foiz (5).

En cel an, le fabmedi II jours de janvier (6), trefpaffa Phillippes le Long, roy de France &

---

(1) Il y avait eu difette de blés. Voyez le Continuateur de Nangis, t. 1er, p. 426.

(2) C'eft l'hôpital de Saint-Jacques aux pèlerins de la rue Saint-Denis. Du Breuil, qui parle de ce fait, le place à l'année 1322. Voy. *Le théâtre des Ant. de Paris*, p. 985.

(3) Le 25 juillet.

(4) Il fut convaincu d'avoir fait pendre un pauvre, innocent, à la place d'un riche coupable. C'eft du moins ce que dit le Continuateur de Nangis. Mais il eft bon d'obferver que le fupplice du prévôt de Paris fuit de fort près une fédition des Parifiens contre le roi.

(5) Les accufations contre les Lépreux vinrent retentir aux oreilles de Philippe le Long dans fon voyage à Poitiers, au mois de juin. La perfécution contre les Juifs, qui en fut la conféquence, fuivit de près.

(6) Le Continuateur de Nangis dit le 3.

de Navarre. Et ou mois de février après, furent les grans naiges.

En cel an memes, le jeudi après *Oculi mei*, li roys Charles, conte de La Marche, revint de son sacre à Paris, le xvie jour en mars (1).

L'an mil iiie xxii, le sabmedi après la feste de l'Ascencion Nostre Seigneur (2), fu traynné monf. Jourdain de Lille & pendu au gibet de Paris.

L'an mil iiie xxv, le jour de la Tiphaine, fu assiégé li roys Charles, à Paris, en son palais, par la force des grans yaues & des glaçons, qui lors rompirent les pons de Paris, lesquelz n'estoient que de boys.

L'an mil iiie & xxvii, le premier jour de février, trespassa le roy Charles, frère de Loys & de Phelippe dessusdiz, enfans du devant dit roy, Philippe le Bel.

L'an mil iiie xxviii, le mardi après la feste saint Marc (3), fut pendu Pierre Remy au gibet de Paris, lequel il avoit fait faire nouvellement à pilliers de pierre, si comme il est à présent. Et si fut le premier qui l'estrena.

En cel an, le roy Philippes de Valois revint de son sacre à Paris, & la royne avecques, le dimanche veille de saint Martin d'esté (4).

---

(1) En 1321 le jeudi après *Oculi* tombait le 26 mars & non le 16. Il faut donc lire ici xxvi au lieu de xvi.

(2) Le 22 mai.

(3) Le 26 avril. — (4) Le 3 juillet.

En l'an deſſuſdit, le roy & ſon oſt furent en Flandres, & ſi ot grant deſconfiture de Flamens ou val de Caſſel, le mardi devant la feſte ſaint Louys (1), & y ot le roy victoire, & puis s'en revint, lui & ſon oſt, & arriva à Paris le jour ſaint Michiel (2).

En cel an, le mercredi jour de ſaint Thomas devant Noël (3), fu Guillaume le Doyen, qui ſe diſoit roy des Flamens, mené du Chaſtellet de Paris ès halles, & illecques lui furent les poins copez, & puis fu ou pilory toute la journée, & au ſoir ramenez ou Chaſtellet, & le lendemain trainné & pendu.

L'an mil. iiiᵉ xxxi, le jour de ſaint Michiel (4), fut monſ. Jehan de France, duc de Normandie, fait chevalier à Noſtre-Dame de Paris.

L'an mil iiiᵉ xxxii, ès avens de Noël, fut banny du royaume de France monſ. Robert d'Artois, qui lors avoit eſpouſée la ſeur du roy Philippes de Valois (5).

L'an mil iiiᵉ xxxvi, à la ſaint Jehan Baptiſte, fu nez monſ. Philippes, filz du roy de France (6).

---

(1) Le 23 août.
(2) Le 29 ſeptembre.
(3) Le 21 décembre.
(4) Le 29 ſeptembre.
(5) Jeanne.
(6) Le Continuateur de Nangis, dit le 2 juillet.

En cel an, la vigile de la Magdaleine enfuivant (1), fut pendu monf. Hugues de
Craify, prévoft de Paris. Et à la faint Etienne
d'aouft enfuivant, fut l'orrible tempefte au
bois de Vincenes. Et illecques gifoit la royne
dudit enfant dont elle releva. Celli régna.

L'an mil III° xxxvii, le fabmedi après les
Brandons (2), ot, Arnault de Normandie, nep-
veu de l'évefque de Sainctes, qui lors eftoit
capitaine pour le roy de la ville de Paracol,
copée la tefte en la place aux porciaux à Paris,
& depuis fon corps & fa tefte furent pendus au
gibet de Paris. Et fu pour ce qu'il dut eftre
traître le roy, & qu'il avoit ladicte ville de
Paracol mife en la main des ennemis par les
enfeignes de croix, de croie & de charbon,
qu'il avoit deu faire par nuyt aux entrées des
hoftels de ladicte ville (4). Et après fa mort,
fi comme l'en dit, en fut-il trouvé innocent.
Si fut defpendu & emmené en fon pais à
grant honneur.

L'an mil III° xlii, viii jours en may, fuft
efleu en pape, maiftre Pierre Rogier, le cardi-
nal de Roan, & ot à nom, Clément le vi°.

---

(1) Le 21 juillet.
(2) Le 2 août. Le Continuateur de Nangis, dit le 4.
(3) Le 15 mars 1338 (N. S.)
(4) Le 7 mars 1338. (N. S.) La ville de Parcoul en
Saintonge fut prife par les Anglais vers la Touffaint,
1337. (V S.)

En cel an, le jour de la faint Pierre, le premier jour d'aouft, furent émutilez, traynez &
pendus au gibet de Paris v faufferes du feel
du roy de France, & une femme enfoye def-
foubs le gibet pour celle caufe, laquele eftoit
feur de Mahiet Tortefontaine, l'un des V. Et
les autres quatre avoient à nom, ceftaffavoir
le premier, Gaultier Tortefontaine, coufin
dudit Mahiet, le fecond, Guillaume Bidaut, le
tiers, Luce Dieuran, & le iiiie Sarrazin, qui fu
nez en la rue Noftre-Dame de Paris. Et par
cellui fait mefmes, morirent en telle guife
Guillaume Tortefontaine, frère dudit Mahiet,
& Robert Goffe (1).

L'an mil iii^c xliii, furent faiz les efchaffaux
ès halles de Paris, à joingnant de la fontaine.
Et le lendemain, le jour de la Saint-Pierre-
aux-Liens, fecond jour d'aouft, fut trayné
monf. Olivier de Clifon, chevalier, dès le
Chaftellet de Paris jufques aufdiz efchaffaux,
& illecques lui fut copée la tefte comme à
traitre du Roy, à veue de toutes gens, fur les
murs de la ville, & fon corps fut pendu au
gibet de Paris.

En cel an mefmes, la vigile de Saint-An-
drieu (2), furent traynez moult honteufement
dès le Chaftellet de Paris jusques aux halles
aufdiz efchaffaux, monf. Geoffroy de Malac-

---

(1) Cf. Gr. Chr., t. V, p. 431.
(2) Le 29 novembre.

trait & ſon filz, avec quatre autres chevaliers
de Bretaigne, & avecques eulx iiii eſcuiers
bretons. Et ſur leſdiz eſchaffaux leur copa
l'en à tous les teſtes, tant comme à traitres du
Roy, & puis furent les corps & les teſtes
pendus audit gibet.

En cel an meſmes, la vigile de Paſques enſuivant, furent traînez moult honteuſement
dès ledit Chaſtellet juſques auſdiz eſchaufaux,
le ſeigneur de La Roche Teſſon, celi de Parci
& Baron, chevaliers, & illecques leur coppa
l'en les teſtes come à traytres du Roy, & puis
furent les corps & les teſtes pendus au gibet.

L'an mil iiiᶜ xliiii, fut admené moult honteuſement à Paris monſ. Henry de Malatrait,
frère dudit monſ. Jeffroy, & jadiz maiſtre des
Requeſtes de l'oſtel le Roy. Et fut livré au bourreau entre Paris & le Bourc la Royne, non
obſtant qu'il fuſt clerc & ſires de loys. Et fut
deſpoillé en ſa coĉte, ſans chapperon, les gré-
ſillons ès mains, & les fers ès piez. Et en ce
point l'admena, ledit bourreau, en ung petit
chariot à plaſtre, ſi hault aſſis que chaſcun le
povoit veoir, dès la porte ſaint Jaques ou
de plus loins, juſques au Temple de Paris. Et
ſi y eſtoit Guillaume Gormont, lors prévoſt
de Paris, & moult grant chevauchié d'autres
gens à armes, de par le Roy. Si demoura bien

---

(1) Le 20 avril 1344. (N. S.)

en prifon au Temple fix fepmaines ou environ, jufques à tant que monf. Fouques de Che- nac (1), lors évefque de Paris, l'ala requérir devers le Roy pour ce qu'il eftoit clerc, fi comme dit eft. Si lui donna le roy & fon con- feil plufeurs foiz à livrer. Et toutefois fift tant ledit évefque que le Roy voulft qu'il lui fut baillié, afin qu'il fuft defgradé & puis livré au Prévoft de Paris pour jufticier, tant comme traytre le Roy. Et adoncques fut-il admené en la manière devant dicte, dès le Temple juf- ques chez l'official de Paris, où il fut une grande pièce en prifon. Et par plufieurs fois y furent affemblez tous les meilleurs clercs de Paris, avecques le confeil du Roy, à la fin deffufdicte. Mais finalement ne fut-il pas def- gradé ne tolus audit évefque, ains fut con- dempnez aux peines qui s'enfuivent : C'eftaf- favoir que l'an deffufdit, le mardi devant la fefte Saint-Denis (2), il fut mené en la guyfe devant, dicte dès l'oftel dudit official de Paris, & par de là Grant pont. Et à tous les karre- fours, l'en trompoit pour les gens affembler & faire taire, pour oir lire fa condempnacion. Et au retour il fut mis en l'efchielle devant Noftre-Dame de Paris, & illecques lui gectoit l'en au vifaige oes & ordes boues (3), tant que

(1) Foulques de Chanac.
(2) Le 5 octobre.
(3) *Oes & ordes boues*, œufs & fales boues.

c'eſtoit grant merveille. Et au deſcendre, le
remiſt l'en en priſon juſques au lendemain,
qu'il fut mené en celle guiſe par delà Petit
pont, & au retour mis en l'eſchielle, où l'en
lui fiſt certains plus de ladure que l'en
avoit fait devant. Car l'en lui geƈta tant de
boue & d'ordure, que les gens le Roy avoient
fait aporter à tumberiaux, qu'il en fut cy
couvers que l'en ne le veoit point. Et puis le
fiſt l'en deſcendre & tantoſt meƈtre en obliète
chez l'official, où il ne veſqui que ix ſep-
maines, ne plus ne moins. Et puis fut trait hors
de ladiƈte priſon, & le fiſt, le Prévoſt de Paris,
porter tout mort devant la porte du palais le
Roy, & puis par les karrefours de Paris pour
encevelir, & puis fut mis en terre (2).

En cel an meſmes, le mardi devant la feſte
de ſaint Vincent, le xviiie jour de janvier (3),
eſpouſa, en la Chapelle royal à Paris, monſ.
Phelippes de France, filz du roy Phelippes de
Valois & duc d'Orléans, madame Blanche, fille
de noble & très-excellant prince, monſeigneur
Charles, jadis roy de France, & de très-noble
& puiſſant dame la royne Johanne d'Evreux.
Et fut la feſte ou Palais royal, à Paris. Et ot
fait ès ſales quatre grans days de boys, ſans le
days de marbre, auquel nul ne fiſt. Si fiſt au

---

(1) L'original écrit *pour* les Karrefours.
(2) Cf. Gr. Chr., t. V, 434.
(3) Le mardi 18 janvier 1345 (N. S.).

days le Roy, au commancement, monſeigneur
Jehan de Vienne, lors arceveſque de Rains,
lequel avoit faites les eſpouſailles, & après lui
ladicte royne Jehane mère de l'eſpouſée, &
puis le Roy, & avecques lui la royne de Navarre, fille jadis du roy Loys, frère dudit
roy Charles, & puis l'eſpouſée, & après lui la
royne de France, & puis la ducheſſe de Normandie, & avecques lui la conteſſe de Ton-
nerre, & puis la dame de Roin & avecques
ly, une autre grant dame. Et à ung autre days
ſéoient les enfans, c'eſtaſſavoir ledit monſeigneur Phelippes, l'eſpouſée & ſon frère le
roy de Navarre, & les enfans monſeigneur le
duc de Normandie, & le conte de Dampmar-
tin. Et en lendemain ot moult belles jouſtes
ou jardin le Roy oudit palais. Deſqueles
jouſtes eſtoient actendans à tous venans, le
conte d'Eu, qui lors eſtoit conneſtable de
France, le conte de Guynes, ſon filz, le conte
de Sancerre, le ſeigneur de Montmorency,
lors mareſchal de France, le ſeigneur de Saint-
Venant, le chambellant de Tanquarville, qui
oncques n'y jouſta. Et entre les autres qui
venoient dehors, vint le duc de Normandie,
auquel par le commandement du Roy jouſta
le ſeigneur de Saint-Venant, & abaty le duc
& ſon cheval tout par terre, de cop de lance.
Et depuis remonta le duc moult vaſſaument;
& coru deux tours & briſa deux lances. Et
avecques ce, il y ot tout plain de autres grans

nobles hommes, qui très-bien fe portèrent.
Mès fur tous avoit le pris, ledit feigneur de
Saint-Venant. Et à la parfin ledit conneftable
fu féru par mefchief d'une lance par la pance
fi griefment, qu'il trefpaffa celle nuyt. Et après
fon enterrement, fift, le Roy, conneftable de
France le conte de Guynes deffufdit.

En cel an mefmes, la nuyt enfuivant du
venredi devant Pafques Flories, xxviiie jour
de mars, un pou devant mynuit, fut le grant
eclippe de la lune, qui fut mes moult a long
temps, fi comme dient les maiftres. Car, puis-
que la lune fut de tous poins occurcie, l'en
fuft bien alé tout à pié deux grans lieues de
terre, ains qu'elle fuft revenue en fa première
clarté. Et par ladiéte eclippe diftrent lors les
maiftres aftronomiens, que moult de merveilles
devoient après advenir.

La nuyt dudit dymanche de Pafques Flories
enfuivant, dont le lundi fut la fefte Saint Be-
noift, fut conjonétion de deux planètes que
l'en appelie Saturnus & Jupiter. Laquelle, fi
comme dient les maiftres aftronomiens, ne fut
mès paffé a ixe ans. Et maintenant lefdiz maiftres dient que tèle conjonétion fignifie adve-
nemens de maulx, mès de nouviaux prophètes,
de nouveles loys & de grans tribulations mer-
veilleufes (1).

_____

(1) Cf. Gr. Chr., t. V, p. 437.

En cellui temps mefmes, fut envoyé de court de Romme à Paris, de par le chambellant du pape, la coppie d'unes lettres que ung grans herefes qui fe difoit demourer ou Monlt de Syon, & duquel ceulx de Paris tiennent ou tenoient que c'eft Antécrift, envoya à Louys de Bavyeres. Efqueles lettres il eftoit, entre tout plain d'autres chofes, que il faifoit tant de miracles que c'eftoit grant merveilles, & comme il avoit eftably ledit Loys fon vicaire ès parties d'Orient & fon chambellant. Desqueles lettres plufieurs ont coppie en France & lefqueles fe comancent par les mos enfuivans : *Meffias, Dei filius, paraclitus spiritus, dilecto filio, Ludovico de Bavaria, regi Romanorum femper augufto, noftram gratiam obtinere,* &c.

L'an XLV fut le royaume de France affailly en plufeurs lieux. C'eftaffavoir devers Bretaigne, devers Normandie & devers Gafcoigne, efpécialment fi & en tèle manière que les Anglois, avec aucuns Gafcoins & autres de leurs aides & ennemis dudit royaume, prindrent par leur force tout plain de chafteaux & de villes appartenans audit royaume, tant efdiz lieux de Bretaigne & de Normandie que de Gafcoigne, où fut la greigneur partie prife.

En cel an mefmes, advint que le Roy venant de fa meffe, laquele il avoit oye en fon palais à Paris, la veille du premier jour de l'an,

trouva en fon lit ung efcriptel dont la copie
s'enfuit cy après :

> Le mal paier, faulx confeiller,
> Et la fin (1) d'aucun chevalier,
> Impoficions & gabelles
> Ont eflevé guerres nouvèles,
> Qui jamais jour ne finiront,
> Tant comme ces chofes feront ou durront.
> Car maint fervent le roy françois,
> Qui pour ce font de cuer anglois.
> Et fervice fait contre cuer,
> Ne puet proffiter à nul fuer.
> Le fage fi dit & recorde,
> A qui du tout je bien m'acorde :
> Car princes bays en fa terre
> Ne puet en pais vivre fans guerre.
> Ne il n'en chault à fes baulx hommes
> Qui du roy ont les groffes fommes,
> L'or & l'argent & les grans terres.
> Par eulx font nourries les guerres,
> Qui au paier font les premiers,
> Et au befoing les darreniers.
> Mirez vous icy, ducs & roys,
> Qu'en la fin aurez le fourdais,
> Et fe en la guerre alez tel erre,
> Seur forez, vous perdrez voz terre.
> Car bien paier acquiert amis,
> Mal paier acquiert ennemis.

---

(1) Et la fin *fic* lis : Eft la fin.

Laiſſez bois & laiſſez rivières,
Prenez lances, levez bannières,
Ruſez les folz, aymez les ſaiges,
Alez aux champs, yſſiez des caiges,
Ou vous avez bonneur perdue.
Hélas! France, ton nom ſe mue,
Et ſi vous dy bien ſur la teſte,
Qu'en vous tendra bien toſt pour beſte.
Ne parle au duc, & parle au roy.
Et ſui axui de bonne foy.

L'an xlvi, le ſamedi premier jour de juillet, fut trayné ſur une claye, du Chaſtellet de Paris juſques aux devandiz eſchaufaux des hales de Paris, Symon Pooillet, bourgois de Compiègne, tant comme traitre du roy de France. Et illecques lui coppa l'en premièrement les deux cuiſſes, les deux bras & puis la teſte. Et diſoit l'en qu'il avoit preſchié aux plus des gens de la ville de Compiègne, comme ils fuſſent de la partie du roy d'Angleterre, qui lors guerroioit le roy de France. Et puis furent les membres & le corps dudit Symon pendus au gibet de Paris (1).

En cel an meſmes, le xiiiie jour de décembre, furent traynez ſur claies, dès le Chaſtellet de Paris juſques aux deſſus diz eſchaufaux, monſ. Rollant de Verdun, & monſ. Nycolas de Grouſſy, normans; & il-

_____

(1) Voy. Gr. Chronique, t. V, p. 450.

leucques leur coppa len les teſtes comme à
traitres du roy, & puis furent les corps & les
teſtes pendus audit gibet. Et fut pour ce qu'il
avoient vendu & livré aux Englois le chaſtel
de Carenten.

L'an xLVII, le jour de la feſte Saint Mor,
xx jours en février, fiſt faire exécucion
de perſonnes cy après nommées, le roy de
Hongurie, en revenchant la mort de ſon frère
le feu roy de Cécile, qui avoit nom André,
lequel fut traiz & pendus par les genitères.
Et premièrement en furent villainement mis
à mort :

Le prince de Tharente & un de ſes frères
Le duc de Duras & deux de ſes frères
La femme dudit duc
Les deux ſeurs du prince de Tharente deſ-
ſuſdit
Le conte de Collache
Le conte de Fonde, qui fut pendus
Jtem, frère Maural, & xLII chevaliers de
Naples.

En l'an L, xxIIIIe jour d'aouſt, treſpaſſa Phelippes de Valois, roy de France, à Nogent le
Roy, chaſtel du roy de Navarre, en certains
prez de coulons.

En cel an, le xxvIe jour de ſeptembre, fut

---

(1) L'Art de vér. les dates dit le 22.

monf. Jehan de France, fon filz, coronné en roy de France en l'églife de Rains, par monfeigneur Jehan de Vienne, arcevefque de Rains.

En cel an, la nuyt du mercredi emprès la fefte Saint Martin d'iver dont il adjourna le jeudi enfuivant (1), ot la tefte copée ledit conte de Guynes, lors conneftable de France, à Paris, en la tour de Neelle fur l'yaue, tant comme traitre du roy. Et lors fift le roy, conneftable, Charles d'Efpaigne.

En l'an LIII fut tué en fon lit, la nuyt du mardi après la Tiphaine dont il adjourna le mercredi enfuivant (2), en une hoftellerie de la ville de Laigle ou Perche, ledit Charles, lors conneftable, deffufdit. De laquelle mort le roy de Navarre, qui avoit efpoufée la fille du roy de France, fignifia par ces lettres à l'Univerfité de Paris, à toutes les bonnes villes du royaume de France, que ce avoit-il fait faire, & advoua tous ceulx qui le firent.

En l'an LVI, le XIIe jour d'avril (3), Jehan

---

(1) Le mercredi 17 novembre. Les Grandes Chroniques difent le jeudi 18.

(2) Le 8 janvier 1354 (N. S.).

(3) Il y a ici erreur, & il faut lire l'an LV au lieu de LVI. En effet, en 1356, Pâque tombait le 24 avril, d'où il fuit que fuivant l'ancienne manière de compter les années, celle que nous nommons 1356 commençait au 24 avril 1356 & comme elle finiffait au 9 avril de celle que nous nommons 1357, il s'enfuit qu'il faudrait lire ici,

le roy de France [vint], en la ville de Rouen, avecques grant multitude de gens d'armes, & s'en ala tout droit au chaftel, ouquel donnoit à mangier Charles, fon ainfné filz, duc de Normandie, au roy de Navarre fon filz en lay, au conte de Harcourt, & à plufeurs autres barons & chevaliers de Normandie. Et illecques en plain difner print de sa main, ledit roy de France, ledit conte de Harrecourt, et avecques fift prendre ledit roy de Navarre, fon filz en lay, le feigneur de Graville, ung chevalier qui avoit furnom de Malbire, ung efcuier que l'en appelloit en furnom Doublet, & avecques, monf. Friquès de Friquant, & un autre qui avoit furnom de Pantalu (1), & mettre tous en prifon. Et en cellui jour mefmes, après ce que le roy ot beu une fois, il fift lier les piez & les mains audit conte de Harrecourt, au feigneur de Graville, à Malbire & à Doublet deffufdiz, & les fift monter en charectes, & mener bien près du gibet de la dicte ville, & illecques leur fift copper les teftes, & puis pendre les corps & les teftes audit gibet. Item, & depuis, il fift mener ledit

---

le 12 avril 1357 felon notre manière de compter. Mais comme l'événement dont il s'agit eft très-certainement de l'année 1356, il faut de toute néceffité que l'on ait écrit par erreur LVI au lieu de LV, & lire ici, le 12 avril 1355 (V. S.) c'eft-à-dire le 12 avril 1356.

(1) Bantelu.

roy de Navare en prifon à Gaillart (1), & Friquès de Friquant & Pantalu en Chaftellet de
Paris. Et depuis ont-il tous efté tranflatez en
plufeurs prifons, tant oudit Chaftellet qu'en
autres divers lieux.

En cel an mefmes, prefque tout le moys
d'aouft, tint ledit roy de France & tout fon
oft, fiége devant le chaftel de Bretueil (2),
ouquel eftoient mis en garnifon plufeurs Na-
varrois & autres ennemis dudit royaume.
Lefquelz fe tindrent fi fort que fi comme l'en
dit il orent grant quantité d'or pour laiffer
ledit chaftel, en la manière que devant avoit
efté laiffié le chaftel d'Evreux, & s'en alèrent
franchement à tout ce qu'il en purent porter
de leur pille, fans chevaux & fans chareétes.
Et d'illecques fe départi le roy & s'en ala
vers Poiétiers, èfqueles parties les princes de
Gales & fon effort eftoit, & il faifoient tout
plain de maulx. Dont il advint que le xxᵉ jour
de feptembre enfuivant (3), les deux os prif-
trent terre affez près de Poiétiers auffi que à
que lieue, c'eftaffavoir entre ung manoir de
l'évefque de Poiétiers qui a nom Savigny le
Veftal, & un bois hault qui eft de l'abbaye de

---

(1) Au château Gaillart.
(2) Breteuil (*Eure*).
(3) Les deux armées fe trouvèrent en préfence le lundi
19 feptembre 1356.

Noally (1), & eſt appellé Borneau. Ouquel
bois s'eſtoient embuchez la plus grant partie
des ennemis. Et illecques, ainſi que Dieu
voulſt, aſſembla ledit Roy aux ennemis, moult
vaſſaulment, par le teſmoing de ceulx qui pré-
ſens eſtoient. Et à dire voir, de tout ſon oſt
ne demoura pas v^e perſonnes avec lui, ains
s'en fouirent, nobles & non nobles, honteuſement (2), ſi ne furent aucuns de ſes bons &
loyaulx amis. Dont il y morut pluſeurs, dont
vous orrez après les noms, en ung champ que
l'on appelle le Champ Alexandre. Et pluſeurs
furent prins & raenconnez. Et adez ſe combatoit le Roy, tant à la hache que à l'eſpée,
moult valſaulment, & tout à pié. Et tousjours
le ſuivoit monſ. Phelippes, le plus jeune de
ſes enfans, que oncques ne le laiſſa. Et en lui
combatant & abatant pluſeurs mors par terre,
pluſeurs des grans maiſtres de ſes ennemis
l'amonneſtèrent pluſeurs foiz qu'il ſe rendiſt.
Mais oncques ne ſe voulſt rendre, mais toudis
ſe combatoit de mieulx en mieulx. Et à la parfin il vint ſur lui une grant foule des ennemis.
Si l'environnèrent devant & derrière & de
toutes pars; ſi l'embraça l'en à grant peine,
& en fut porté ſur un foſſé pour déſarmer.

---

(1) L'abbaye de Noaillé, à trois lieues de Poitiers.
(2) « Et pluſieurs deſdits batailles de la partie du roy
de France, tant chevaliers comme eſcuiers, s'enfuirent
vilainement & honteuſement. » (Gr. Chr.)

Ainſi l'en mena l'en & ſondit fils, qui laiſſier
ne le vouloit.

Cy les noms de ceulx qui morurent : premièrement ce fut monſ. de Bourbon, père de
la ducheſſe de Normendie, le duc d'Athènes,
lors conneſtable de France, monſ. Robert de
Duras, monſ. Jeffroy de Charny, monſ. Regnault de Pons, monſ. Jehan de Landes, monſ.
Jehan des Granches, monſ. Euſtache de Ri-
bemont, monſ. Guichart de Beaujeu, monſ.
Pierres de Bournin, & pluſeurs autres nobles
& non nobles. Item, Regnault Charron, éveſ-
que de Châlons, duquel aucuns dient qu'il
fut tué en fuiant, & criant en lieu de rençon,
Monjoye!

Cy les noms de ceulx qui furent prins :
Premièrement, monſ. Jaques de Bourbon,
monſ. Jehan d'Artois & monſ. Charles ſon
frère, G. de Meleun, arceveſque de Sens, &
le chambellant de Tancarville, ſon frère,
monſ. Loys de Herrecourt, le ſeigneur de
Sainéte Croix, le mareſchal d'Audeneham &
avec tant d'autres quanvis en puet l'en ſavoir
le nombre. Et ſi diſt l'en communément que
de ceulx que l'en ne puit à préſent nombrer,
la plus grant partie ſut priſe en fuiant. Car ung
archier en prenoit bien ſix ou plus, ſi comme
le teſmoignent pluſeurs qui ces priſes virent
& de plus honteuſes.

En cel an & bien peu après, ceſtaſſavoir
le xviiie jour d'oétobre enſuivant, trembla

la terre & fift grant mouvement & efpoven-
table emprès l'eure de quevrefeu fonnée, par
une intervalle qui ne fut pas moult grant. Et
duquel mouvement il fut grant tumulte à
Paris, le lendemain, de tous ceulx qui s'en
eftoient apparçeu, tant en la cité que delà
Grant pont & oultre Petit pont (1).

---

(1) « En celuy temps, c'eftaffavoir l'an cinquante fix,
jour de la Saint Luc, dix-huitiefme jour du mois d'octobre deffus dit, fu mouvement de terre fi grant, que plufieurs villes & chaftiaux en fondirent en terre, & par-
efpécial ès païs de Lorraine & d'Alemaigne. » (Gr. Chr.)

EXPLICIT.

PARIS. — IMPRIMERIE GÉNÉRALE DE CH. LAHURE
Rue de Fleurus, 9

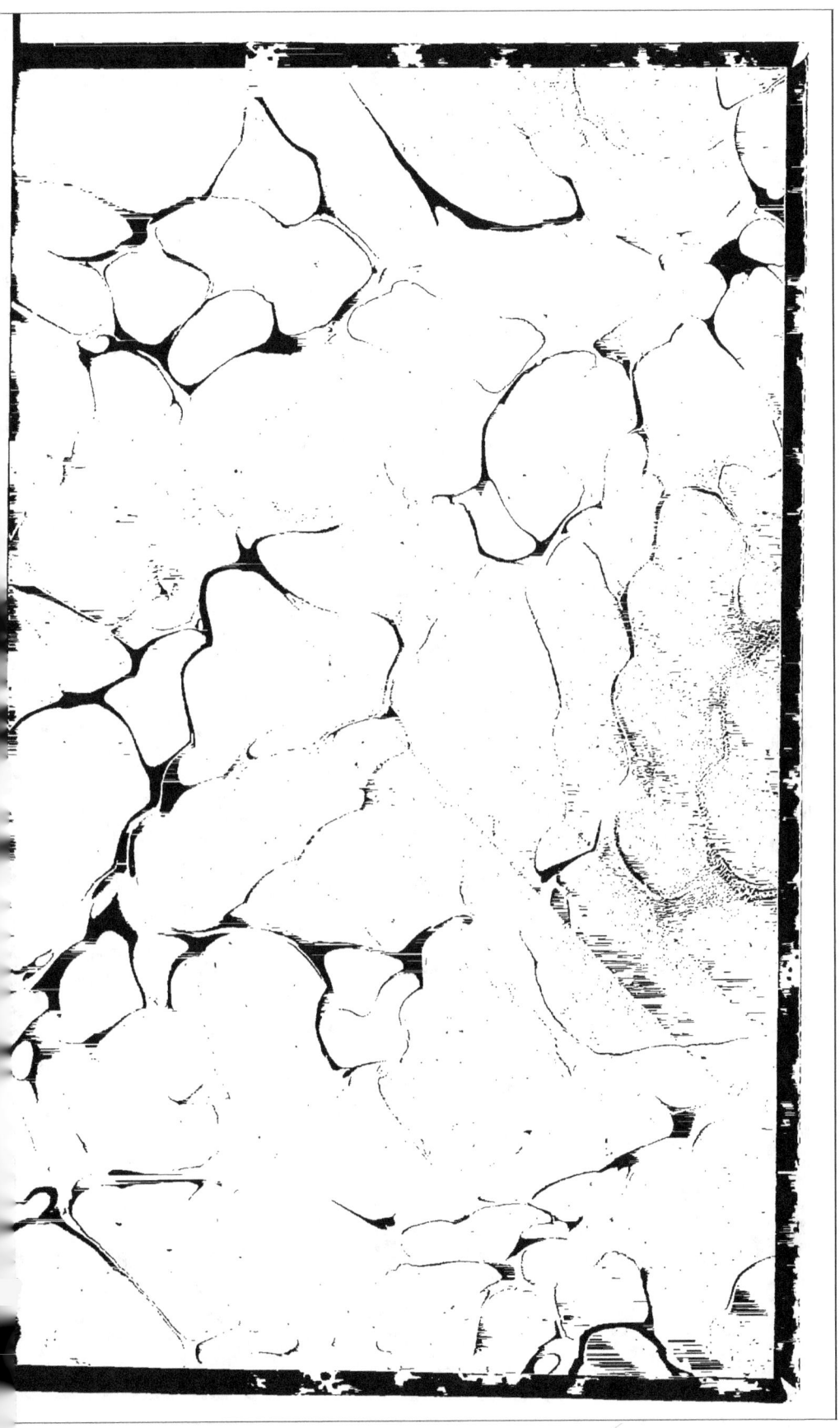